Wasserfall der Sterne
Lichtung im Wald
Reiterhof Apfelhain
Sternenleiter-Lichtung

Sternenschweif

Das Geheimnis der Wölfe

von Linda Chapman
erzählt von Carola von Kessel

mit Illustrationen von
Anna-Lena Kühler

KOSMOS

Umschlag- und Innenillustrationen von Anna-Lena Kühler, Eltville Rauenthal
Umschlaggestaltung von Maria Seidel, Teising

Unser gesamtes lieferbares Programm und viele weitere Informationen zu unseren Büchern, Spielen, Experimentierkästen, Autoren und Aktivitäten findest du unter **kosmos.de**

FSC
www.fsc.org
MIX
Papier aus verantwortungsvollen Quellen
FSC® C043106

Gedruckt auf chlorfrei gebleichtem Papier.

ISBN 978-3-440-17460-9
Redaktion: Verena Tingler
Satz: DOPPELPUNKT, Stuttgart
Produktion: Verena Schmynec
Druck und Bindung: Grafisches Centrum Cuno, Calbe
Printed in Germany / Imprimé en Allemagne

Inhalt

Zauber der Nacht

Es war eine warme Sommernacht. Laura Foster schloss die Haustüre hinter sich. Draußen duftete es nach frisch gemähtem Gras. Über ihr wölbte sich der samtblaue Nachthimmel.
In Lauras Bauch kribbelte es. Dort oben würde sie gleich mit ihrem Einhorn fliegen!
Laura hütete nämlich ein magisches Geheimnis: Ihr Pony Sternenschweif konnte seine Gestalt ändern. Wenn Laura einen geheimen Zauberspruch aufsagte, verwandelte es sich in ein wundervolles Einhorn.
Aber auch als Pony war Sternenschweif Lauras allerbester Freund. Als sie jetzt zur Weide kam,

wartete er mit gespitzten Ohren auf sie. Seine großen, dunklen Augen schimmerten im Mondschein.

Laura schlang die Arme um seinen Hals.

„Tut mir leid, dass ich so spät komme!“, flüsterte sie. „Meine Eltern sind gerade erst ins Bett gegangen.“

Sternenschweif hauchte seinen warmen Atem über ihren Rücken. Für einen Augenblick hielten beide ganz still. Sie waren daran gewöhnt, ihre Einhorn-Abenteuer vor allem nachts zu erleben.

Sternenschweif durfte seine magische

Gestalt nämlich nur den Menschen zeigen, die wie Laura selbst mit einem Einhorn befreundet waren. Niemand sonst durfte wissen, dass es Einhörner gab – nicht einmal Lauras Familie. Das war wichtig, um die Magie der Einhörner zu schützen. Deshalb verwandelte Laura ihr Pony fast nur im Schutz der Dunkelheit.

Laura warf noch einen Blick auf das Bauernhaus, in dem sie mit ihren Eltern und Geschwistern lebte. Nirgendwo brannte Licht.

„Im Haus schlafen alle“, sagte sie. „Wir können los.“

Laura und Sternenschweif liefen zum Rand der Weide. Hier waren sie vom Haus aus nicht zu sehen.

Sternenschweif sah Laura gespannt an. Ihr Herz hüpfte vor Vorfreude. Sie richtete den Blick fest auf ihn und sagte den Zauberspruch auf:

„Silberstern, Silberstern,
hoch am Himmel, bist so fern.
Funkelst hell und voller Macht,
brichst den Bann noch heute Nacht.
Lass dies Pony grau und klein
endlich doch ein Einhorn sein.“

Ein violetter Blitz zuckte auf. Laura musste kurz die Augen schließen. Als sie wieder hinsah, war ihr Pony von einer glitzernden Wolke umhüllt. Bald löste sich der magische Nebel auf, und Sternenschweif stand als prächtiges Einhorn vor ihr. Laura schnappte nach Luft.

Sternenschweif war wunderschön. Das Horn auf seiner Stirn funkelte im Mondschein. Seine Mähne und sein Schweif glitzerten wie pures Silber.

„Lass uns eine Runde fliegen“, sagte Sternenschweif.

„Wir müssen nachsehen, ob im Wald alles in Ordnung ist."
Laura nickte und strich mit der Hand über sein schneeweißes Fell. Sternenschweif und sie hatten die Aufgabe, anderen Gutes zu tun. Deshalb sahen sie regelmäßig nach, ob jemand

Hilfe brauchte. Sie hatten schon vielen Tieren und Menschen in Not geholfen. Sternenschweif besaß nämlich jede Menge Zauberkräfte. Als Einhorn konnte er zum Beispiel sprechen, fliegen und Wunden heilen.

„Also los!“, rief Laura und schwang sich auf seinen Rücken.

Sternenschweifs Mähne wehte hoch auf, als er angaloppierte. Nach wenigen Metern hob er vom Boden ab.

„Juhu!“, jubelte Laura. Der Wind zerrte an ihren Haaren. Mit kraftvollen Sprüngen flog Sternenschweif immer höher in den Himmel hinauf. Laura hielt ihr Gesicht in den Wind.

Es war ein großartiges Gefühl! Sie saß völlig unbeschwert auf Sternenschweifs Rücken.

Seine Magie schützte sie vor dem Herunterfallen.

Plötzlich wurde Sternenschweif langsamer. „Ich höre etwas“, sagte er und ließ sich tiefer sinken.

Jetzt nahm auch Laura ein schnelles, keuchendes Atmen wahr.

„Es klingt wie ein Tier, das sich sehr anstrengt“, stellte sie alarmiert fest. „Komm, wir sehen nach.“

Sternenschweif nickte. Leise setzte er auf dem Waldboden auf. Beide spähten in die Dunkelheit.

„Dort drüben bewegt sich etwas“, flüsterte Sternenschweif.

Laura folgte seinem Blick. Ganz in der Nähe war um einige junge Bäume ein Schutzzaun errichtet. Kam das Geräusch von dort?

Sternenschweif wisperte: „Am besten sehe ich erst mal allein nach.“

Laura war sofort einverstanden. Sie wusste, dass viele Wildtiere den Menschen gegenüber scheu waren.

„Na klar.“
Laura sprang von seinem Rücken und streichelte seine Nase.

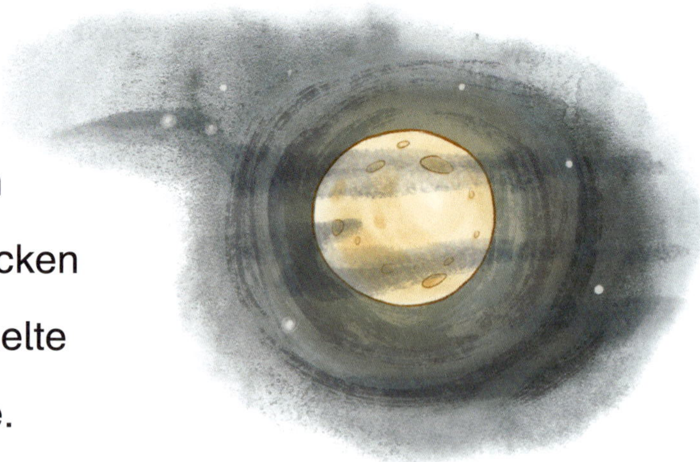

„Viel Glück!“
Sie blieb im Schutz der Bäume stehen, während Sternenschweif auf den Zaun zuging. Er senkte den Kopf zum Boden. Mehr konnte Laura nicht erkennen.
Es dauerte nicht lange, bis Sternenschweif zu ihr zurückkam.
„Ein Igel hat sich im Zaun verfangen“, berichtete er. „Ich glaube, da kannst du besser helfen als ich.“

Laura nickte. Vorsichtig bewegte sie sich auf den Zaun zu. Als sie näher kam, wurde das Schnaufen lauter. Aber wo steckte der Igel? Da hing er im Zaun fest! Mit großen Augen sah er Laura an und strampelte mit den Beinchen. „Hab keine Angst, ich helfe dir“, sagte sie leise. Laura kniete sich hin und bog den Draht vorsichtig auseinander. Das war gar nicht so einfach, weil der Igel ängstlich zappelte. Endlich konnte sie ihn befreien. Mit einem erleichterten Schnaufen huschte der Igel davon.

„Geschafft!“ Laura drehte sich zu Sternenschweif um.

„Das hast du toll gemacht!“, lobte er.

„Du meinst wohl, das haben wir toll gemacht“, erwiderte Laura. „Du hast den Igel schließlich gefunden.“

Sternenschweif wollte gerade antworten, als sich seine Augen weiteten. Er hob den Kopf und spähte an Laura vorbei. „Sieh nur!“, flüsterte er.

Laura drehte sich vorsichtig um. Gar nicht weit von ihnen tapsten einige Igeljunge durchs Gras. Sie drängten sich an den großen Igel und suchten mit ihren Mäulchen nach den Zitzen. Lauras Herz machte vor Freude einen Sprung, während sie den Kleinen beim Trinken zusahen.

„Sieht ganz so aus, als hätten wir einer Igelmama geholfen“, stellte Sternenschweif fest. „Aber jetzt komm, wir fliegen weiter.“

Laura kletterte auf seinen Rücken. Während sie wieder in die Lüfte hinaufschwebten, beugte sie sich über seinen Hals.

„Es ist so wunderbar, dass wir wilden Tieren helfen können“, sagte sie. „Eine schönere Aufgabe kann ich mir nicht vorstellen!“

„Ich auch nicht“, meinte Sternenschweif vergnügt. Er schoss auf eine Reihe hoher Tannen zu und sprang über die Baumwipfel. Am liebsten wären sie ewig weitergeflogen. Doch irgendwann war auch der schönste Flug zu Ende. Glücklich und zufrieden landeten sie auf Sternenschweifs Weide.

„Morgen Nacht kann ich dich leider nicht verwandeln“, fiel Laura ein. „Da bin ich beim Zeltlager.“

„Stimmt, das hast du erzählt“, sagte Sternenschweif. „Hauptsache, du kommst gesund und munter zurück.“

„Na klar“, versprach Laura. „Und dann berichte ich dir ganz genau, was ich erlebt habe.“

Leise sagte sie den Spruch für die Rückverwandlung auf. Schon stand Sternenschweif wieder als graues Pony vor ihr.

„Gute Nacht!“, sagte Laura und wuschelte ihm durch die Mähne.

Sternenschweif wieherte leise und begann zu grasen. Laura huschte zum Haus hinüber. Jetzt aber schnell ins Bett!

Ausflug in die Natur

„Laura, kommst du bitte?“, rief Frau Foster am nächsten Morgen. „Mel und ihr Vater sind da!“

Laura drückte Sternenschweif einen Abschiedskuss auf die Nase. Dann rannte sie über den Hof. Vor dem Haus unterhielt sich ihre Mutter mit Herrn Miller.

„Hallo, Laura!“, rief seine Tochter Melanie. „Ist das dein Rucksack? Hast du an deine Regenjacke gedacht? Und an die Taschenlampe?“

Laura lachte. „Du klingst ja schon fast wie meine Mutter! Ja, ich hoffe, ich habe an alles gedacht!"

Mels Vater verstaute Lauras Gepäck im Kofferraum.

„Tschüss, Laura!" Frau Foster drückte sie fest an sich. „Pass gut auf dich auf! Bis morgen!"

Als das Auto losfuhr, winkten Lauras Mutter und ihre Geschwister Max und Sophie zum Abschied. Laura winkte eifrig zurück.

Mel redete aufgeregt auf Laura ein. „Hoffentlich bekommen wir ein Zelt für uns“, sagte sie. „Wer von uns schläft denn in der Mitte? Meinst du, die anderen Kinder sind nett?“

Noch bevor Laura alles beantworten konnte, stieg ihre Freundin Jessica Parker zu ihnen ins Auto.

Laura, Mel und Jess gingen in dieselbe Klasse und verbrachten auch ihre Freizeit meist gemeinsam. Alle drei liebten die Natur und Tiere – vor allem Ponys. Sooft sie konnten, ritten sie zusammen aus.

Ihr heutiger Ausflug führte sie zum Zeltlager eines Naturschutzvereins. Dort wollten sie Tiere beobachten und Wildkräuter sammeln.

Am meisten freute Laura sich auf die Nacht im Zelt. Aber Sternenschweif würde ihr bestimmt wahnsinnig fehlen!

Sie sah zum Fenster hinaus. Draußen zog eine wilde Landschaft vorbei. Sie fuhren durch einen riesigen Wald mit tiefen Schluchten und sprudelnden Bächen. Weit und breit war kein Haus zu sehen.

Mel räusperte sich. „Es ist ganz schön einsam hier“, sagte sie.

Ihr Vater nickte. „So abgelegen habe ich es mir auch nicht vorgestellt“, gab er zu. „Aber ihr seid beim Zeltlager ja nicht allein.“

Endlich tauchte am Wegesrand ein Schild auf:

Kurz darauf stapften die Mädchen mit ihren Rucksäcken vor Mels Vater her. Vom Parkplatz führte ein Trampelpfad zu einer Wiese mit Zelten. Überall liefen Kinder herum und sammelten Holz.

Eine junge Frau kam auf sie zu. „Hallo, ich heiße Hira und bin eine der Betreuerinnen“, stellte sie sich vor. „Und wer seid ihr?“

Als Laura, Jess und Mel ihre Namen gesagt hatten, hakte Hira sie auf einer Liste ab. „Ihr wollt bestimmt zusammen in einem Zelt schlafen, oder?“, fragte sie. „Dann sucht euch doch eines der freien Zelte aus.“

Nachdem Mels Vater sich verabschiedet hatte, machten die Freundinnen es

sich in einem der Zelte gemütlich.

„Ist das nicht herrlich?“, rief Jess und ließ sich auf ihre Schlafmatte fallen.

In diesem Moment streckte Hira den Kopf herein: „Kommt ihr bitte mit zum Steinkreis?“

Neugierig folgten die Mädchen ihr.

Der Steinkreis bestand aus rundlichen Steinbrocken, die im Kreis auf einer Wiese lagen. Auf vielen Steinen saßen schon Kinder

oder Betreuer. Mel entdeckte drei freie Steine nebeneinander. Schnell zog sie die anderen dorthin.

Laura sah sich in der Runde um. Sie fühlte sich auf Anhieb wohl.

Als alle versammelt waren, ergriff ein Mann das Wort.

„Herzlich willkommen im Nationalpark Wildestal“, sagte er. „Ich bin Arne und kümmere mich hier um die Tiere und Pflanzen. Wenn ihr Fragen dazu habt, sagt einfach den Betreuerinnen und Betreuern Bescheid. Ich erzähle euch gerne mehr über unseren Park.“ Nun sollten die Kinder kleine Gruppen bilden. Laura, Mel und Jess blieben natürlich zusammen. Außerdem gehörten zwei Jungen namens Bela und Mats zu ihrer Gruppe, die von Hira geleitet wurde. Insgeheim jubelte Laura, denn sie mochte Hira mit ihrer freundlichen Art. Laura war schon so gespannt, was sie hier erleben würden!

Spuren im Wald

Der Nachmittag verging wie im Flug. Zuerst sammelten die Kinder Wildkräuter. Hira zeigte ihnen, welche Pflanzen man essen konnte und welche giftig waren. Anschließend machten sie eine Pause hoch oben auf einem Felsen. Von hier aus hatte man einen herrlichen Blick ins Tal. Tief unten entdeckte Laura ein kleines Holzhaus.

„Was ist das für ein Haus?“, erkundigte sie sich.

Hira erklärte: „Das ist die Station unseres Vereins. Dort lagern wir Material und können uns im Winter aufwärmen. Manchmal päppeln wir in der Station auch wilde Tiere auf."

„Schaut mal nach oben!", rief Mel in diesem Augenblick.

Ein großer Greifvogel segelte mit ausgebreiteten Schwingen durch die Luft.

„Das ist ein Habicht", sagte Hira.

„Sieht er nicht prächtig aus?

Aber auch am Boden gibt es hier viel zu entdecken.

Deshalb dürft ihr jetzt Tierspuren suchen. Ich habe zwei kleine Kameras für euch. Damit könnt ihr alle Spuren fotografieren, die ihr entdeckt.

Später schauen wir die Bilder zusammen an und finden heraus, von wem die Spuren stammen."

Laura und ihre Freundinnen sahen sich mit leuchtenden Augen an.

„Auf in die Wildnis!", rief Jess und nahm eine der Kameras.

Die Jungs stürmten mit der anderen Kamera los. Laura, Mel und Jess machten sich gemeinsam auf die Suche. Ihr erster Fund im Wald stammte allerdings nicht von wilden Tieren. Am Rand einer Lichtung lagen leere Getränkedosen und Reste von Verpackungen herum.

„Bäh, wer lässt denn hier seinen Abfall liegen?"

Laura wühlte in ihrem Rucksack und förderte eine Tüte zutage.

„Gute Idee, wir nehmen den Müll mit“, sagte Jess.

Mit spitzen Fingern sammelten sie die Picknickreste auf und steckten sie in die Tüte. Als sie weitergingen, fanden sie bald die ersten Abdrücke von Tierpfoten. Die Spuren waren schmal und endeten an einem Baumstamm.

„Das Tier scheint auf Bäume zu klettern“, stellte Mel fest. „Vielleicht war es ein Eichhörnchen oder ein Marder.“

Jess machte ein Foto.

„Und schaut mal da!“, rief Laura. „Ich glaube, hier waren Wildschweine unterwegs.“

Sie deutete auf eine Reihe großer Abdrücke. Rundherum war der Boden aufgewühlt.

Nachdem Jess auch diese Spuren fotografiert hatte, liefen sie weiter.

Zwischendurch blieb Laura immer wieder stehen und sah sich um. Es war toll, was es hier alles zu entdecken gab. An knorrigen Bäumen wuchsen seltsame Pilze. Ein Specht klopfte mit dem Schnabel gegen einen Stamm. Eine Maus huschte flink durchs Gestrüpp.

Plötzlich blieb Jess stehen. „Seht nur!“, stieß sie hervor. „Hier hat ein richtig großes Tier seine Spuren hinterlassen.“

Laura schnappte nach Luft. Die Abdrücke waren größer als ihre Handflächen und endeten in spitzen Krallen.

„Vielleicht gibt es hier ja Luchse“, meinte Jess und fotografierte die Spuren. „Oder Wölfe?“

Nun hallte ein lauter Gong über die Landschaft. Das war das Zeichen, zum Zeltlager zurückzukehren.

Am Steinkreis sammelte Hira alle Kameras wieder ein. Sie übertrug die Fotos auf einen Computer und von dort auf eine große Leinwand. So konnten sie gemeinsam im Schatten der Bäume die Fotos der verschiedenen Gruppen anschauen.

Laura passte genau auf. Durch ihre Abenteuer mit Sternenschweif kannte sie sich mit Wildtieren gut aus. Bei den meisten Spuren riet sie richtig, aber bei einigen war sie unsicher. Dazu gehörten auch die Abdrücke, die Jess gefunden hatte.

„Was haben wir denn da?“, rief Hira, als diese Spuren an der Reihe waren. „Da habt ihr ja etwas Seltenes entdeckt. Das sind Spuren von einem Wolf!“

Einen Augenblick lang war es völlig still. Dann redeten alle durcheinander. Die meisten Kinder hatten nicht gewusst, dass es hier Wölfe gab. Aufgeregt starrte Laura auf die Leinwand. Vielleicht war der Wolf ganz in ihrer Nähe gewesen!

Als sich das Stimmengewirr gelegt hatte, rief Hira: „Ich merke schon, dass die Wölfe euch besonders interessieren. Ihr habt Glück, denn Arne kennt sich mit Wölfen sehr gut aus. Wenn ihr möchtet, kann er euch morgen mehr über sie erzählen."

Alle klatschten begeistert in die Hände.

Inzwischen hatte sich die Abenddämmerung über die Landschaft gelegt. Die Betreuer zündeten in der Mitte des Steinkreises ein Lagerfeuer an.

Alle setzten sich um das Feuer und backten Stockbrot. Dazu gab es Quark mit selbst gesammelten Wildkräutern.

Laura und ihre Freundinnen ließen es sich schmecken. Bald war es rundherum ganz dunkel.

Am Himmel funkelten tausende von Sternen. Zwischen den Zelten schwebten Glühwürmchen.

Laura dachte an Sternenschweif. Ob er wohl schon schlief? Es war so schade, dass er diese wunderbare Gegend nicht besuchen konnte! Obwohl … Plötzlich schoss ihr eine Idee durch

den Kopf. Warum eigentlich nicht? Sie konnten doch nachts einmal hierherfliegen! Dann würde Laura ihrem besten Freund den Aussichtsfelsen zeigen, die seltsamen Pilze an den Bäumen und natürlich auch die Wolfsspuren.

Voller Vorfreude schlüpfte Laura später in ihren Schlafsack. Nach diesem langen Tag schliefen bald alle tief und fest.

Im Reich der Wölfe

Am nächsten Morgen wurden Laura, Mel und Jess früh geweckt. Draußen spielte jemand Ball und laute Rufe drangen ins Zelt.

Mel richtete sich gähnend auf. „Muss das sein?“, stöhnte sie. „Es ist noch vor sieben Uhr!“

Laura kroch aus ihrem Schlafsack. Als sie die Zeltplane aufschlug, war ihre Müdigkeit wie weggeblasen. Auf der Wiese glitzerten unzählige Tautropfen wie kleine Edelsteine. Die Luft war frisch und klar, und flauschige Hummeln flogen von Blüte zu Blüte. Zwischen den Zelten spielten einige Mädchen Ball.

„Wer kommt mit raus?“, rief Laura ins Zelt. „Es ist viel zu schön, um liegen zu bleiben!“ Kurz darauf frühstückten alle gemeinsam an einem langen Tisch. Schmetterlinge tanzten durch die Luft und am Boden badeten Spatzen im Sand. Laura beobachtete, wie die Vögel unter dem Tisch Brotkrümel aufpickten. Nach dem Frühstück hielt Arne den angekündigten Vortrag über Wölfe.

Laura passte gut auf. Sie wollte Sternenschweif ja später alles erzählen.

„Früher waren die Wölfe fast überall heimisch“, berichtete Arne. „Doch in vielen Gegenden haben die Menschen sie gejagt, bis auch der letzte Wolf verschwunden war. Erst seit Kurzem siedeln sich wieder Wölfe bei uns an.“

„Sind sie nicht sehr gefährlich?“, fragte ein Mädchen.

Arne schüttelte den Kopf. „Wölfe sind Raubtiere“, sagte er. „Genau wie Füchse jagen sie andere Tiere. Sie sind aber sehr scheu und gehen den Menschen normalerweise aus dem Weg. Nur wenn wir uns falsch verhalten, kommen sie in unsere Nähe.“

„Wie verhält man sich denn richtig?“, hakte Hira nach.
„Vor allem soll man die Wölfe nicht anlocken“, erklärte Arne. „Wenn sie zum Beispiel immer wieder Essensreste in der Natur finden, gewöhnen sie sich an den Geruch und den Geschmack. Dann kann es passieren, dass die Wölfe von sich aus die Nähe der Menschen suchen.“
Ein älterer Junge stellte die nächste Frage:
„Und wenn man einem Wolf begegnet, was soll man dann machen?“
Auch darauf wusste Arne die Antwort:
„Am besten bleibt man ruhig und zieht sich langsam zurück. Auf keinen Fall sollte man schnell wegrennen, denn das kann bei

Wölfen genau wie bei Hunden den Jagdinstinkt wecken."

Laura merkte sich alles ganz genau. Eigentlich galt für Wölfe also das Gleiche wie für andere Wildtiere: Solange man sie in Ruhe ließ, waren sie ungefährlich.

Nach dem Vortrag pflückten alle gemeinsam wilde Himbeeren und bereiteten daraus frische Limo zu. Und dann mussten sie auch schon Abschied nehmen. Laura war ein bisschen wehmütig. Aber sie freute sich auch auf ihre Familie und auf Sternenschweif!

Zu Hause lief Laura gleich zu ihrem Pony. Sie bürstete sein Fell und erzählte ihm vom Zeltlager. „Es war toll! Dort gibt es richtig viele wilde Tiere“, schwärmte sie. „Wir haben sogar Spuren von Wölfen gesehen.“

Sternenschweif riss die Augen auf und schnaubte. Auch als Pony verstand er jedes Wort, das sie sagte.

Laura stellte sich auf die Zehenspitzen und flüsterte ihm ins Ohr: „Wenn du willst, können wir zusammen hinfliegen.

Da gibt es auch einen wunderbaren Aussichtsfelsen. Von dort aus kann man fast über den ganzen Nationalpark schauen.“

Sternenschweif scharrte eifrig mit dem Huf.

Laura kicherte. „Ist da jemand ungeduldig? Wir können uns gerne gleich heute Nacht auf den Weg machen!“

Beim Abendessen erzählte Laura ihrer Familie vom Zeltlager.

„Habt ihr wirklich Wolfsspuren gefunden?“ Max ließ vor Aufregung beinahe sein Pizzastück fallen. „Wie groß ist denn so ein Abdruck?“

Laura formte mit beiden Händen einen Kreis, um die Größe zu zeigen.

„Also ungefähr so groß wie Buddys Pfoten“, stellte Max fest.

Der Berner Sennenhund Buddy stand auf, als er seinen Namen hörte. Max streichelte ihn und steckte ihm ein Stückchen Schinken zu.
„Anhand der Größe kann man die Spuren von Hunden und Wölfen nicht sicher unterscheiden“, erklärte Laura. „Das habe ich heute gelernt. Wolfsspuren erkennt man an den spitzen Krallen und daran, dass sie meist über längere Strecken geradeaus führen.“
Max rutschte aufgeregt auf seinem Stuhl herum. „Vielleicht kommen die Wölfe ja auch in unsere Gegend“, meinte er.
„Das will ich nicht hoffen“, erwiderte Herr Foster. „Dann müssten wir Schutzzäune bauen, damit sie keinen Appetit auf unsere Schafe und Schweine bekommen.“

„Unsere Hunde könnten die Hoftiere doch beschützen“, schlug Max vor.

Doch Buddy und Lauras kleiner Terrier Walter sahen nicht so aus, als wollten sie ein Rudel wilder Wölfe vertreiben.

„Es ist besser, wenn die Wölfe im Nationalpark bleiben“, fand Laura. „Wusstet ihr eigentlich, dass manche Leute sie aus Versehen mit

Abfällen anlocken? Wenn draußen Essensreste herumliegen, gewöhnen sich die Wölfe daran und kommen immer wieder in die Nähe der Menschen."

„Also noch ein Grund mehr, keinen Müll liegen zu lassen und immer alles aufzuräumen", stellte Frau Foster fest.

„Auch aufräumen!", rief Sophie und fegte mit der Hand die Pizzakrümel vom Tisch.

„Ja, genau!" Frau Foster stand lachend auf.

„Am besten helfen jetzt alle mit und wir räumen zusammen den Tisch ab."

Hilfe für den kleinen Wolf

Nach der Nacht im Zeltlager konnte Laura es kaum erwarten, Sternenschweif zu verwandeln. Endlich kehrte im Haus Ruhe ein und sie konnte nach draußen schleichen.

Im Hof blieb sie kurz stehen. In den Wiesen zirpten die Grillen.

Aus der Ferne drang der Ruf eines Käuzchens herüber. Leise setzte Laura einen Fuß vor den anderen. Der Kies knirschte unter ihren Sohlen.

Aber wo war Sternenschweif? Heute stand er nicht wie üblich am Weidezaun und wartete auf sie. Lauras Herz schlug schneller, während sie über die Koppel lief. Endlich entdeckte sie ihn zwischen den Bäumen.

„Sternenschweif, ist alles in Ordnung?“ Mit beiden Händen strich sie über sein warmes Fell. Ihr Pony schnaubte beruhigend und legte den Kopf auf ihre Schulter. Seine Haare kitzelten an Lauras Wange. Nanu, wonach roch Sternenschweif denn?

Ein Blick nach oben lieferte ihr die Antwort. Sternenschweif stand unter einem Apfelbaum. Laura kicherte. „Jetzt weiß ich, weshalb du nicht am Zaun gewartet hast. Du musstest dich mit frischen Äpfeln stärken, stimmt's?“

Als Antwort streckte Sternenschweif den Hals nach oben. Er rupfte einen Apfel ab und ließ ihn in Lauras Hand fallen.

„Danke, mein Süßer!“ Fröhlich biss sie in den Apfel.

Kurz darauf flogen Laura und Sternenschweif in den Nachthimmel hinauf. Laura atmete tief durch. Auf dem Rücken ihres Einhorns fühlte sie sich leicht und frei wie ein Vogel.

„Hast du Lust, zum Nationalpark zu fliegen?“, fragte sie.

„Na klar“, erwiderte Sternenschweif.

Geschmeidig glitt er durch die Luft. Über ihnen glitzerte der Sternenhimmel. Die Landschaft unten wurde immer einsamer. Anfangs sahen sie noch Straßenlaternen und Scheinwerfer von

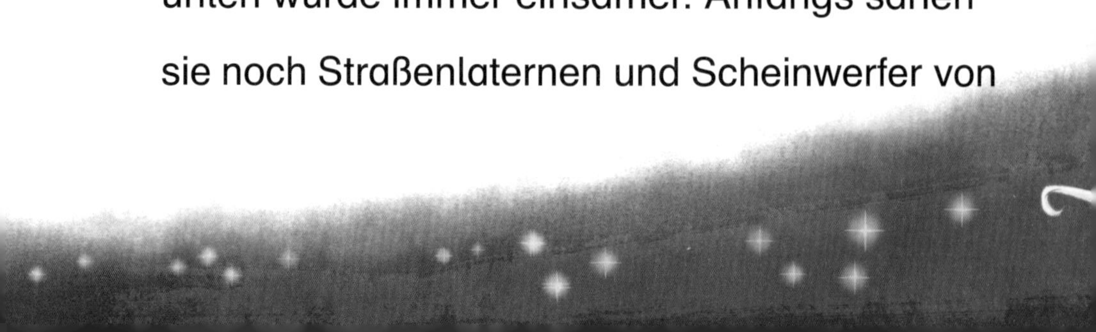

Autos. Später dehnte sich ein dunkles Meer aus wogenden Baumwipfeln unter ihnen aus. Laura zuckte zusammen, als eine Eule lautlos ihren Weg kreuzte.

Endlich erkannte Laura den Aussichtsfelsen, der sich schwarz vom Nachthimmel abhob. „Wir sind bald da!“, rief sie. „Siehst du den Felsen dahinten? Da müssen wir hin.“ Sternenschweif steuerte darauf zu. Doch plötzlich wurde er langsamer.

Er ließ sich tief über den Wald sinken und flog fast auf der Stelle.

„Da stimmt etwas nicht“, wisperte er. „Ich höre ein Tier jammern.“

„Lass uns nachsehen“, sagte Laura sofort.

Doch es war schwierig, in dem dichten Wald einen Landeplatz zu finden. Während sie über den Bäumen kreisten, sah Laura unten einige dunkle Schatten davonhuschen. Ein Schauder lief über ihren Rücken. Die Tiere waren ziemlich groß und bewegten sich schnell.

Sternenschweif spürte Lauras Anspannung.

„Keine Sorge, ich passe gut auf“, flüsterte er. „Dort drüben können wir landen.“

Er setzte im weichen Moos auf. Laura kraulte seinen Hals und sah sich um. Im fahlen

Mondlicht schimmerten Fliegenpilze unter hohen Fichten. Es roch nach feuchter Erde und modrigem Laub.

Jetzt hörte auch sie die kläglichen Rufe, von denen Sternenschweif gesprochen hatte. Die Laute gingen ihr durch Mark und Bein.

Während Laura von Sternenschweifs Rücken glitt, dachte sie an die dunklen Schatten zwischen den Bäumen. Ihr war ein bisschen mulmig zumute. Waren das etwa Wölfe gewesen?

Laura drückte Sternenschweif einen Kuss zwischen die Nüstern. „Du musst das Tier finden, das um Hilfe ruft“, sagte sie. „Ich warte hier auf dich.“

Sternenschweif legte für einen Augenblick seine weiche Nase an ihre Wange. Dann hob er den Kopf und schritt durch das Moos.

Laura hielt die Luft an. Zielstrebig ging Sternenschweif auf ein Gebüsch zu und wieherte.

Als Einhorn konnte er mit allen Tieren sprechen. Laura verstand diese Unterhaltungen aber nicht. Sie musste warten, bis Sternenschweif ihr davon berichtete.

Schemenhaft erkannte sie ein Tier, das sich unter das Gebüsch duckte. Auf den ersten Blick sah es aus wie ein Hundewelpe. Doch als Laura genauer hinschaute, stockte ihr der Atem: Das Kleine hatte braungraues Fell und hochstehende Ohren. War es ein junger Wolf?

Auf jeden Fall ging es ihm nicht gut. Ängstlich duckte sich das Tier vor Sternenschweif.

Erst als das Einhorn ihm gut zuredete, kam es mühsam aus seinem Versteck. Laura stöhnte vor Mitgefühl leise auf. Das Tierkind humpelte und hatte eine tiefe Wunde am Bein.

Mit leisem Brummeln beugte sich

Sternenschweif über das Jungtier. Im gleichen Moment raschelte es neben Laura im Gebüsch. Erschrocken fuhr sie zusammen. Da schlich ein großes Tier herum!

Sternenschweif warf ihr einen beruhigenden Blick zu. Wie immer nahm er alles um sich herum wahr. Laura atmete tief durch. Sie brauchte keine Angst zu haben. Sternenschweif würde sie beschützen.

Jetzt wandte er sich wieder dem Tierkind zu. Vorsichtig hielt Sternenschweif sein Horn an das verletzte Bein. Magische Sternchen tanzten durch die Luft, während er seine Heilkraft auf das Tier übertrug.

Laura drückte beide Daumen. Hoffentlich ging es dem Kleinen rasch besser!

Nach einer Weile hob Sternenschweif den Kopf. Aufmerksam blickte er auf das Tierkind. Laura trat aufgeregt von einem Fuß auf den anderen. Was war da los? Wirkte Sternenschweifs Magie nicht? Endlich wagte das junge Tier einen ersten Schritt. Vorsichtig setzte es eine Pfote vor die andere. Dann wurde es mutiger. Der nächste Schritt fiel schon forscher aus. Und plötzlich hüpfte das Tierkind los. Wie ein kleiner Wirbelwind schoss es davon und verschwand im Gebüsch.

Laura fiel ein Stein vom Herzen. Sternenschweif hatte es geschafft. Das Tier war geheilt!

„Das hast du toll gemacht“, lobte Laura, als ihr Einhorn wieder vor ihr stand. „War das ein junger Wolf? Was hat er erzählt? Woher stammte die Verletzung?“

Sternenschweif schnaubte beruhigend.

„Eins nach dem andern, Laura“, sagte er.

„Ja, das war ein junger Wolf. Er hat sich an einem scharfen, glitzernden Gegenstand geschnitten, der im Wald herumlag. Die Wunde hat sich entzündet und er hatte starke Schmerzen. Seine Familie hat sich vor uns versteckt. Die Eltern waren aber die ganze Zeit in der Nähe und werden sich jetzt um ihn kümmern.“

Laura drückte Sternenschweif fest an sich. „Du bist einfach der Beste! Komm, wir verschwinden wieder“, flüsterte sie. „Bestimmt wollen die Wölfe ihre Ruhe haben.“

Sternenschweif nickte. Doch auf einmal blieb sein Blick an etwas hängen. Laura hielt die Luft an. Was hatte er entdeckt? Da knackte es im Gebüsch. Einen Augenblick später tauchte ein ganzes Wolfsrudel auf der Lichtung auf.

Laura sah Hilfe suchend zu Sternenschweif. Aber der schnaubte nur leise und schaute mit leuchtenden Augen auf die Wölfe. Er schien keine Angst zu haben. Also schob auch Laura ihre Bedenken beiseite. Solange Sternenschweif keine Gefahr witterte, musste sie sich keine Sorgen machen.

Laura lehnte sich an ihr Einhorn. Es war ein magischer Moment: Während sie durch die Äste spähten, konnten sie das Wolfsrudel ganz aus der Nähe beobachten.

Eines der Elterntiere stupste den geheilten Welpen liebevoll an. Zwei weitere Welpen kullerten raufend über den Boden. Ihre älteren Geschwister jagten ausgelassen hin und her. Nur das zweite Elterntier wirkte rastlos. Es umrundete ständig seine Familie. Dabei

schnupperte es herum und lauschte in alle Richtungen.

Laura war fast sicher, dass dieser Wolf sie bemerkt hatte. „Komm, wir fliegen zum Aussichtsfelsen“, flüsterte sie Sternenschweif zu.

Mühsam riss sich Sternenschweif von dem Anblick los. „Es ist toll, einmal wilde Wölfe in der Natur zu sehen“, wisperte er. „Aber du hast recht, wir sollten sie in Ruhe lassen.“

Sobald Laura auf seinem Rücken saß, hob Sternenschweif vom Boden ab und nahm Kurs auf den Felsen. Unter sich sah Laura Plastikfetzen an einem Zweig hängen. Sie dachte an den Gegenstand, an dem sich der junge Wolf verletzt hatte. Ob das wohl auch Abfall gewesen war? Was konnten sie nur dagegen tun? Auf einmal hatte Laura eine Idee …

Ein spannender Plan

„Was haltet ihr davon, wenn wir noch mal in den Nationalpark fahren und dort Müll aufsammeln?“, fragte Laura ihre Freundinnen am nächsten Tag in der Schulpause.
Einen Augenblick lang herrschte überraschtes Schweigen. Dann redeten Mel und Jess auf einmal los.

„Das ist eine super Idee“, fand Mel.
„Au ja, das machen wir!“, rief Jess.
Laura freute sich. „Toll, dass ihr dabei seid“, meinte sie. „Dann rufe ich heute Nachmittag mal bei Hira und Arne an und frage, was sie davon halten.“
„Und danach reiten wir aus!“, schlug Mel vor.
Damit waren alle sofort einverstanden.
Nach der Schule schnappte Laura sich das Telefon und wählte die Nummer der Naturstation. Es dauerte eine Weile, bis Hira sich meldete.
„Hallo, hier ist Laura Foster“, sagte Laura.
„Meine Freundinnen und ich haben uns überlegt, dass wir im Nationalpark gerne Müll aufsammeln möchten. Was hältst du davon?“

Am anderen Ende der Leitung rief Hira: „Das ist eine großartige Idee, Laura! Aber das Gelände ist riesig. Dafür brauchen wir viele Leute. Du, Laura, warte bitte mal kurz …"

Laura hörte, wie Hira das Telefon weglegte. Im Hintergrund polterte es.

Nach einer Weile nahm Hira den Hörer wieder auf. „Entschuldige bitte", sagte sie. „Wir haben eine kleine Patientin hier, eine junge Wölfin. Arne hat sie gerade aus der Tierklinik abgeholt. Ich habe ihm geholfen und die Kleine aus der Transportbox gehoben."

Laura horchte auf. Eine junge Wölfin? Gehörte sie auch zu dem Rudel, das sie nachts gesehen hatten?

„Was hat die Wölfin denn?“, erkundigte sich Laura besorgt.
Hira seufzte. „Wahrscheinlich hat sie etwas Giftiges gefressen. Als wir sie gefunden haben, war sie schwer krank und konnte nichts bei sich behalten. Aber jetzt nach der Behandlung geht es ihr zum Glück wieder gut.“
Laura dachte an das Wolfsrudel. Plötzlich fiel ihr wieder ein, wie unruhig einer der großen Wölfe herumgelaufen war. Hatte er vielleicht seine kranke Tochter gesucht?
„Eigentlich könnten wir die Kleine bald freilassen“, fuhr Hira am Telefon fort. „Aber dafür müssten wir wissen, wo sich ihr Rudel aufhält.“
Laura war plötzlich ganz aufgeregt. Sternenschweif und sie kannten das Lager des

Wolfsrudels! Doch das konnte sie Hira natürlich nicht sagen. Laura dachte fieberhaft nach. Wie konnte sie Hira einen Hinweis geben, ohne etwas von ihrem nächtlichen Besuch zu verraten?

„Aber jetzt lass uns über euren Vorschlag reden“, sagte Hira. „Würde es euch am nächsten Wochenende passen? Dann frage ich mal meine Kolleginnen und Kollegen, wer noch beim Müllsammeln mitmacht.“

„Das Wochenende passt gut“, erwiderte Laura. „Sollen wir noch ein paar Leute mitbringen?“

Hira zögerte. „Gute Frage“, meinte sie. „Wir können natürlich viele Helfer gebrauchen. Aber der Park ist so weit abgelegen. Wenn alle mit dem Auto hierherkommen, ist das wegen der Abgase nicht gut für die Umwelt."

Das leuchtete Laura ein. „Vielleicht können wir mit dem Fahrrad kommen?"

„Au ja, wir verbinden die Müll-Aktion mit einem Radausflug!", rief Hira. „Ich kenne eine wunderschöne Strecke zum Wald. Hör mal, Laura, ich rufe dich morgen zurück. Bis dahin kläre ich hier alles."

Nach dem Telefonat lief Laura zu Sternenschweif. Sie musste ihm unbedingt von der jungen Wölfin erzählen!

Sternenschweif machte ein

besorgtes Gesicht, als Laura von dem Telefonat berichtete.

„Gleich müssen wir los“, sagte Laura und bürstete sein Fell. „Wir sind mit Mel und Jess zum Ausreiten verabredet.“

Wenig später trafen sich die Freundinnen an einer Wegkreuzung im Wald. Jess ritt auf ihrer Fuchsstute Sandy und Mel auf dem Apfelschimmel Silver. Sternenschweif begrüßte seine Ponyfreunde mit einem freudigen Brummeln. Die beiden wieherten zurück.

Mel kicherte. „Die Ponys tun so, als hätten sie sich ewig nicht gesehen“, meinte sie.

„Stimmt doch auch“, erwiderte Laura grinsend. „Wir sind schon seit drei Tagen nicht mehr zusammen ausgeritten.“

Sie erzählte den Freundinnen von ihrem Telefonat mit Hira.

„Ein Radausflug passt super zur Müll-Aktion“, meinte Jess begeistert.

Natürlich berichtete Laura auch von der kleinen Wölfin, die in der Naturstation aufgepäppelt wurde.

„Oh, die würde ich gerne mal sehen!“, rief Mel.

„Ich auch“, sagte Jess. „Aber für so einen kleinen

Wolf bedeuten fremde Menschen bestimmt nur Stress."

„Ja, leider", bestätigte Laura. „Sagt mal – wie lange wollen wir eigentlich noch Schritt reiten? Ich bin für einen flotten Galopp!"

„Au ja!", rief Mel.

Jess nickte. „Nichts wie los!"

Schon schossen die Ponys den Weg entlang. Ihre Mähnen wirbelten hoch auf. Laura beugte sich nach vorne und vergrub die Hände in Sternenschweifs Fell. So ein flotter Galopp war fast so schön wie ein Flug durch die Nacht! Beim Gedanken an die kommende Nacht kribbelte es in Lauras Bauch. Sie mussten der kleinen Wölfin unbedingt helfen, damit sie wieder zu ihrer Familie kam. Aber wie?

Besuch bei den Wölfen

Endlich war es dunkel und Laura konnte Sternenschweif verwandeln. Der Mond stand hell und rund über der Pferdeweide.
Einige Fledermäuse segelten lautlos durch die Luft.

Sobald Sternenschweif als Einhorn vor Laura stand, sprudelten die Worte aus ihm heraus. „Mir ist eingefallen, wie wir dem Wolfsmädchen helfen können“, rief Sternenschweif. „Wir sollten den Eltern zeigen, wo die Kleine ist.“

Laura sah ihn fragend an. „Aber wie willst du das anstellen?“

„Ich muss mit den Wolfseltern sprechen“, sagte Sternenschweif entschlossen.

Laura schluckte. „Ist das nicht gefährlich?“

Sternenschweif schnaubte beruhigend.

„Ach was! Die meisten Wildtiere werden nur dann aggressiv, wenn sie sich verteidigen müssen.“

Da war Laura sich nicht so sicher. Sie wusste zwar, dass Sternenschweif recht hatte. Dennoch

war ihr der Gedanke nicht geheuer, dass ihr bester Freund den Wölfen noch mal so nah kommen wollte.
„Also gut“, sagte sie, aber ihre Stimme klang belegt.
„He, du brauchst keine Angst zu haben!“ Sternenschweif stupste sie liebevoll an.
Laura schmiegte sich an ihn. Einige Sekunden lang hielten beide ganz still. Sie spürte Sternenschweifs ruhigen Atem. Laura hatte das Gefühl, dass seine Zuversicht mit jedem Atemzug mehr auf sie überging.
Schließlich gab sie sich einen Ruck und kletterte auf seinen Rücken. „Los geht's“, rief Laura entschlossen. „Auf zu den Wölfen!“
Diesmal kam ihr der Flug viel kürzer vor als

beim letzten Mal. Sternenschweif landete in der Nähe der Stelle, an der er in der Nacht zuvor den verletzten Welpen geheilt hatte. Als sie durchs Gebüsch spähte, schlug Lauras Herz schneller. Auf der Lichtung vor ihnen liefen die Wölfe herum! Doch eine Sekunde später waren sie schon im Dickicht verschwunden.

„Sie sind wirklich sehr scheu“, flüsterte Sternenschweif.

„Wahrscheinlich haben sie uns gehört“, wisperte Laura.

Sternenschweif nickte. „Vielleicht kehren sie zurück, wenn ich mich ruhig auf die Lichtung stelle“, schlug er vor. „Sie haben ja mitbekommen, dass ich gestern dem Welpen geholfen habe. Also wissen sie, dass ich es gut mit ihnen meine.“

Lauras Herz zog sich zusammen. Sie machte sich solche Sorgen um Sternenschweif! Aber natürlich mussten die Wölfe erfahren, wo ihre Tochter steckte.

„Bitte pass gut auf“, sagte Laura tapfer.

„Versprochen!“ Sternenschweif sah sie liebevoll an. Dann schritt er auf die Lichtung.

Laura blieb hinter dem Gebüsch stehen. Sternenschweifs weißes Fell funkelte magisch im dunkelgrünen Moos. Reglos stand das Einhorn da und lauschte in alle Richtungen.

Laura wagte kaum zu atmen. Der Wind rauschte durch die Baumwipfel. Ab und zu hörte sie ein kleines Tier durchs Laub huschen. Sonst war es völlig still.

Plötzlich rührte sich auf der anderen Seite der Lichtung etwas. Lauras Herz hämmerte heftig gegen ihre Rippen. Ein großer Wolf kam aus dem Gebüsch hervor und ging vorsichtig auf Sternenschweif zu.

Laura spähte durch die Zweige. Auf der Lichtung senkte Sternenschweif den Kopf und wieherte leise. Laura wusste, dass er jetzt mit dem Wolf sprach. Atemlos verfolgte sie, wie der Wolf antwortete.

Aber was war das? Auf einmal drehte er sich um und verschwand wieder im Gebüsch.

Sekunden später tauchte die ganze Wolfsfamilie auf. Die Wölfe scharten sich um Sternenschweif. Nervös knetete Laura ihre Finger. Was würde nun geschehen?

Es dauerte nicht lange, bis Sternenschweif zu Laura zurückkehrte.

„Die Wölfe danken uns sehr“, berichtete er. „Sie sind überglücklich, dass wir ihrem verletzten Sohn geholfen und Neuigkeiten von

ihrer Tochter gebracht haben. Sie haben die Kleine schon überall gesucht."

Laura sah ihn gespannt an. „Und was haben die Wölfe nun vor?"

Sternenschweif erwiderte: „Wir sollen der Wolfsmutter zeigen, wo ihre Tochter steckt."

Laura sah ihn erschrocken an. „Und dann? Will sie die Kleine etwa befreien?"

Sternenschweif wieherte beruhigend. „Nein, keine Sorge. Sie möchte nur in der Nähe der Station sein, wenn die Kleine freigelassen wird."

Erleichtert strich Laura über seine Mähne. „Das ist eine gute Idee“, meinte sie. „Bitte sage ihr auch, dass ihre Tochter jetzt anders riecht als früher. Bestimmt hat das Wolfsmädchen den Geruch der Menschen angenommen.“

„Stimmt!“, rief Sternenschweif. „Gut, dass du das erwähnst! Ich spreche gleich mit den Eltern darüber.“

Wenig später trug er Laura durch den Wald. Das Mondlicht fiel durch die Zweige und zauberte silbrige Muster auf den Boden.

Die Wölfin folgte ihnen auf leisen Pfoten. Sie bewegte sich so geschickt, dass man sie kaum bemerkte. Immer wieder drehte Laura sich um. Jedes Mal stellte sie überrascht fest, dass die Wolfsmutter direkt hinter ihnen lief. Wölfe waren wirklich Meister im Verbergen!

Bis zur Station des Naturschutzvereins war es ein langer Weg. Endlich erreichten sie das Tal mit dem Holzhaus. Sternenschweif blieb stehen und wieherte leise zum Abschied. Die Wölfin schlich schnuppernd um das Gebäude. Dann ließ sie sich auf der Wiese vor dem Haus nieder. Als Sternenschweif kurz darauf wieder in den Himmel hinaufschwebte, blickte Laura mit gemischten Gefühlen zu der Wölfin hinunter.

Hoffentlich bekamen Hira und ihre Kollegen am Morgen nicht den Schreck ihres Lebens!

Am nächsten Tag rief Hira wegen der Müll-Aktion bei Laura an.
„Hier sind alle ganz begeistert von eurer Idee“, sagte Hira. „Wir würden das gerne gleich am nächsten Wochenende machen.“
Laura freute sich riesig. „Super!“, erwiderte sie. „Zeigst du uns dann, wie wir mit dem Fahrrad in den Nationalpark kommen?“
„Na klar. Am besten treffen wir uns am Samstag um neun Uhr vor der Schule“, schlug Hira vor. „Dann radeln wir zusammen zum Park. Nach dem Müllsammeln fahren wir am Nachmittag mit den Fahrrädern wieder zurück.“

„Das klingt sehr gut“, meinte Laura. „Sollen wir noch Werbung machen, damit möglichst viele Leute mitkommen?“

„Ja, gerne“, antwortete Hira. „Meine Kolleginnen und Kollegen bringen auch noch Helfer mit.“

Insgeheim überlegte Laura, wie sie etwas über das Wolfsmädchen in Erfahrung bringen konnte.

„Also, wenn ihr noch Fragen habt, dann meldet euch“, sagte Hira. „Sonst sehen wir uns am Samstag.“

„Äh, eine Frage habe ich jetzt gleich“, warf Laura ein. „Wie geht es dem Wolfskind?“

„Oh, der Kleinen geht es bestens“, erwiderte Hira. „Sie hält uns ganz schön auf Trab. Und stell dir vor, heute früh haben wir Wolfsspuren vor der Station entdeckt. Vielleicht haben die Eltern die Kleine ja aufgespürt? Wenn das so wäre, könnten wir sie bald wieder laufen lassen."

Nach dem Telefonat rannte Laura sofort zu Sternenschweif.

„Die Leute im Park haben die Wolfsspuren entdeckt", flüsterte sie ihm ins Ohr. „Vielleicht lassen sie die Kleine bald frei."

Vor Freude hüpfte Sternenschweif mit allen vieren in die Luft.

Laura lachte. „Noch ist es nicht so weit", sagte sie und kraulte ihn an der Stirn. „Aber wenn die Kleine wieder bei ihrer Familie ist, hast du dir jede Menge Luftsprünge verdient!"

Weg mit dem Müll!

Am Samstagmorgen schien die Sonne vom wolkenlosen Himmel. Ein leichter Wind strich über die Landschaft. Es war das perfekte Wetter für einen Einsatz an der frischen Luft.

Als Laura und ihr Bruder Max am Treffpunkt vor der Schule ankamen, wartete dort schon Hira. Bald trudelten Steven und Leo ein, die besten Freunde von Max. Sie wollten ebenfalls beim Müllsammeln mitmachen. Allmählich kamen weitere Kinder und Jugendliche dazu. Die Aktion hatte sich herumgesprochen, nachdem Laura und ihre Freundinnen in der Schule selbst gemalte Plakate aufgehängt hatten.

Endlich tauchten auch Jess und Mel auf. Laura ließ ihren Blick über die bunte Truppe schweifen. Es fühlte sich toll an, dass so viele Kinder gemeinsam etwas für die Natur unternehmen wollten!

Gut gelaunt machten sie sich wenig später auf den Weg. Hira radelte voraus.

Laura genoss die Fahrt in vollen Zügen.

Nachdem sie die Stadt hinter sich gelassen hatten, schlängelte sich der Weg zwischen

Feldern hindurch. Sie fuhren über holprige Feldwege und verschlungene Trampelpfade. Die Landschaft wurde immer einsamer.

Auf einmal klaffte links von ihnen

eine tiefe Schlucht. Unten plätscherte ein Bach. Laura bekam eine Gänsehaut.

Was für eine wilde, aber auch wunderschöne Landschaft!

Die Kinder, die sich anfangs noch laut unterhalten hatten, wurden immer stiller. Die Strecke war ganz schön anstrengend! Doch dann hatten sie es geschafft. Nach der Ankunft am Lagerplatz stärkten sich alle mit frischem Obst und belegten Brötchen. Anschließend verteilte Hira Müllgreifer und Abfallsäcke.

Nun gab sie den Teilnehmern noch ein paar Verhaltensregeln mit. „Bitte seid in der Natur möglichst leise“, sagte Hira. „Ihr könnt euch ruhig unterhalten, aber bitte nicht schreien. Außerdem solltet ihr weder Tiere noch ihre Eier berühren. Viele Tiereltern kümmern sich nicht mehr um ihre Jungen, wenn diese den Geruch der Menschen angenommen haben.“ Hira blickte fragend in die Runde. „Bitte meldet euch, wenn noch etwas unklar ist!“

Ein Mädchen hob die Hand. „Was sollen wir tun, wenn wir einem Wolf begegnen?“, fragte es.

„Gut, dass du das ansprichst“, meinte Hira. „Wölfe sind sehr scheu und gehen den Menschen normalerweise aus dem Weg.

Sollte trotzdem ein Wolf vor euch stehen, bleibt bitte ruhig und geht langsam weg."

In kleinen Gruppen zogen die Kinder los.

Hira schickte jeden Trupp in ein anderes Gebiet.

Laura, Mel und Jess blieben natürlich zusammen. Es dauerte nicht lange, bis ihre Müllsäcke halb voll waren.

„Ich hätte nie gedacht, dass wir so viel Abfall finden", stöhnte Laura.

Am häufigsten waren kleine Plastikfetzen, die an Büschen und Bäumen hingen. Aber auch auf dem Boden entdeckten sie jede Menge Abfall, vor allem leere Verpackungen und Plastiktüten.

„Ich glaube, hier gibt's mehr Müll als Bäume", sagte Mel. „Meint ihr, dass überall in der Natur so viel Abfall herumliegt?"
„Ich fürchte, ja", erwiderte Jess. „Vor allem Tüten sind ja so leicht, dass sie überallhin fliegen."
„Eigentlich müsste man die Leute bestrafen, die ihre Verpackungen einfach liegen lassen", fand Laura. „Aber man kann ja nicht im ganzen Wald Wachposten aufstellen."
Mel kicherte. „In einem Wald voller Müll-Polizisten würden sich wilde Tiere sicher auch nicht wohlfühlen."
„Da hast du recht." Laura seufzte. „Also hilft nur, dass wir nichts in der Natur zurücklassen."
„Und wir können öfter mal Müll aufsammeln", schlug Jess vor.

„Auf jeden Fall“, stimmte Laura zu. „Aber kommt, wir sind für heute noch nicht fertig!“

Eifrig machten sich die drei wieder an die Arbeit.

Es war schon später Nachmittag, als sie an den Sammelplatz zurückkehrten. Sie stellten ihre Müllsäcke zu den anderen. Insgesamt war eine beachtliche Menge Abfall zusammengekommen.

„Ich bin sicher, dass in unserem Gebiet kein bisschen Müll mehr liegt“, sagte Mel. „Los, wir haben uns eine Stärkung verdient!“

An einem großen Tisch gab es Kuchen, Waffeln und Getränke.

Die Freundinnen hatten sich gerade mit Essen und Trinken eingedeckt, als Hira auf sie zukam.

„Ich möchte mich ganz herzlich bei euch bedanken“, sagte sie. „Die Aktion war eine super Idee. In Zukunft wollen wir jedes Jahr gemeinsam Müll aufsammeln. Ich hoffe, ihr seid beim nächsten Mal wieder dabei.“

„Na klar!“, rief Mel.

Laura und Jess nickten zustimmend.

Hira machte ein geheimnisvolles Gesicht.

„Zum Dank für euren Einsatz haben wir eine kleine Überraschung für euch.

Kommt mal mit!“

Jess und Mel blickten Laura fragend an.

Laura zuckte mit den Schultern. Auch sie hatte keine Ahnung, wovon Hira sprach.

Abschied von den Wölfen

Bald erkannte Laura, wohin Hira sie führte: zur Naturstation! Aufgeregt biss sie sich auf die Lippe. Hatte die Überraschung etwas mit den Wölfen zu tun?

Vor der Tür blieb Hira stehen. „Ihr dürft dem kleinen Wolfsmädchen beim Trinken zuschauen“, erklärte sie.

„Oh, toll!“ Lauras Herz schlug einen Salto.

Auch Mel und Jess strahlten übers ganze Gesicht.

Hira öffnete die Tür und winkte die Mädchen herein.

„Arne gibt der Kleinen gleich ihr Fläschchen", sagte sie mit gedämpfter Stimme. „Bitte seid leise, damit sie keine Angst bekommt."

Laura konnte es kaum erwarten, das Wolfskind aus der Nähe zu sehen. Hira führte die Mädchen in ein Zimmer. Dort saß Arne mit der jungen Wölfin auf dem Schoß und hielt ihr eine Babyflasche hin.

Die Freundinnen setzten sich auf eine Bank und schauten gespannt zu. Beim Anblick des kleinen Wölfchens schmolz Laura fast dahin. Das Wolfskind suchte mit dem Mäulchen nach dem Sauger. Als es ihn erwischt hatte, nuckelte es schmatzend

daran. Dabei kuschelte es sich zufrieden an Arne.

Laura und ihre Freundinnen wechselten entzückte Blicke. Mit ihrem grauen Fell, den dunklen Augen und ihren kleinen Pfoten sah das Wolfsmädchen so niedlich aus!

Nach einer Weile schien sie satt zu sein. Sie sprang von Arnes Schoß und tapste neugierig durchs Zimmer.

Laura hätte am liebsten die Hand ausgestreckt, um sie zu streicheln. Aber natürlich wollte sie die Kleine nicht erschrecken.

„Na, wie gefällt sie euch?“, erkundigte sich Arne leise.

„Sie ist einfach nur toll!“, sagte Laura aus tiefstem Herzen.

In diesem Augenblick stieß Hira einen leisen Schrei aus.
Alle fuhren erschrocken zusammen. Die kleine Wölfin versteckte sich blitzschnell unter Arnes Beinen.
Hira stand am Fenster und starrte wie gebannt hinaus. „Seht doch nur“, stieß sie hervor. „Da draußen ist ein großer Wolf!“
Alle stürzten zum Fenster. Laura schnappte nach Luft. Auf der Wiese vor dem Haus lief die

Wolfsmutter hin und her. Plötzlich bekam Laura es mit der Angst zu tun. Hoffentlich war es kein Fehler gewesen, sie hierher zu führen! Natürlich wollten sie und Sternenschweif nicht, dass die Wölfin jemandem Angst einjagte!

Jetzt stieß die Wolfsmutter einen lang gezogenen Ruf aus. Ihre Tochter antwortete mit einem Klagelaut.

„Das da draußen ist sicher ein Elterntier“, stellte Arne fest. „Es sieht so aus, als wollte es die Kleine abholen.“

„Können wir sie denn schon freilassen?“, fragte Hira. „Ist sie fit genug?“

„Laut Tierarzt ist sie wieder gesund“, erwiderte Arne. „Wenn gerade ein Elterntier in der Nähe ist, sollten wir die Gelegenheit nutzen.“

Er bückte sich nach dem Wolfsmädchen und hob es hoch. Liebevoll strich er über das graubraune Fell.

Laura hatte einen dicken Kloß im Hals.

Als Hira die Haustür öffnete, verschwand die Wolfsmutter blitzschnell im Dickicht.

Arne setzte das Wolfskind auf dem Boden ab.

„Leb wohl, meine Kleine“, sagte er.

Die kleine Wölfin sah sich um, stieß einen Ruf aus und trabte dann auf das Gebüsch zu.

Sekunden später war sie verschwunden. Von den Wölfen war nichts mehr zu hören und zu sehen.

„Unglaublich, wie leise sie sich aus dem Staub machen können“, meinte Hira.
Arne räusperte sich. „Unglaublich ist auch, dass der große Wolf die Kleine hier aufgespürt hat. Wir haben sie ja weit von hier entfernt gefunden.“
Zumindest dafür wusste Laura die Erklärung. Aber die behielt sie natürlich für sich.

Gegen Abend schwangen sich alle wieder auf die Fahrräder. Auf dem Rückweg sah Laura nur zufriedene Gesichter. Alle waren von dem Gefühl erfüllt, etwas Gutes getan zu haben. Laura brannte darauf, Sternenschweif von den Wölfen zu erzählen. Doch als Max und sie nach Hause kamen, warteten ihre Eltern und Sophie

schon auf der Terrasse. Auf dem Grill brutzelten Maiskolben und Würstchen.
„Hallo, da seid ihr ja wieder!“, rief Frau Foster. „Kommt, wir grillen zusammen. Es ist schon alles vorbereitet.“
„Das ist total lieb“, erwiderte Laura. „Aber kann ich vorher noch kurz zu Sternenschweif?“
„Na klar.“ Ihre Mutter zwinkerte ihr zu. „Lauf schon – aber bitte komm schnell zurück.“
„Bin gleich wieder da!“, versprach Laura und rannte zur Ponyweide.
„Sternenschweif!“, rief sie schon von Weitem. Flottes Hufgetrappel war die Antwort. Sekunden später fiel Laura ihrem Pony um den Hals. Glücklich vergrub sie das Gesicht in seinem Fell. Es war so schön, wieder bei ihm zu sein.

„Stell dir vor, das Wolfsmädchen wurde heute freigelassen", erzählte sie leise. „Die Wolfsmutter war draußen vor der Station."

Sternenschweif schmetterte ein freudiges Wiehern über die Weide.

„He, nicht so laut!" Laura hielt sich lachend die Ohren zu. „Jetzt muss ich mit meiner Familie grillen“, sagte sie dann. „Aber heute Nacht schauen wir nach den Wölfen!“

Als Laura nachts zu ihm kam, scharrte Sternenschweif schon ungeduldig mit den Hufen.
Laura wuschelte durch seine Mähne. „Ich glaube, du bist genauso aufgeregt wie ich. Hoffentlich ist bei den Wölfen alles in Ordnung!“
Sobald sie ihn verwandelt hatte, stürmte Sternenschweif los. Kraftvoll stieß er sich vom Boden ab und schwebte in den Himmel hinauf. Mit zielstrebigen Bewegungen flog er zum Nationalpark.
Als sie dort ankamen, lag die Lichtung der Wölfe still unter ihnen. Weit und breit war kein

Tier zu sehen. Sternenschweif setzte sanft auf dem Boden auf. Niemand sprach ein Wort. Beide lauschten in die Stille.

„Soll ich absteigen?“, flüsterte Laura.

Sternenschweif schüttelte den Kopf. Er blickte unverwandt auf eine Stelle im Dickicht. Jetzt sah es auch Laura: Da waren einige blitzende Augenpaare auf sie gerichtet.

In diesem Moment kamen die Wölfe schon aus dem Gebüsch. Zuerst wagten sich die Eltern auf die Lichtung, dann folgten einige Jungtiere und

vier Welpen. Laura erkannte das Wolfsmädchen aus der Station. Es tollte mit seinen Geschwistern herum, während die erwachsenen Wölfe auf Sternenschweif und Laura zukamen. Sternenschweif senkte den Kopf und wieherte leise. Laura lauschte gespannt, als die Wölfe antworteten. Was erzählten sie wohl?

Endlich berichtete Sternenschweif von der Unterhaltung. „Die Wölfe danken uns sehr“, sagte er. „Ihre Tochter hat von

Essensresten im Wald gefressen und ist davon krank geworden."
Laura seufzte. „Schade, dass wir den Müll nicht schon früher aufgesammelt haben", meinte sie. „Dann wäre das wahrscheinlich nicht passiert."
„Jetzt ist aber zum Glück alles wieder gut", berichtete Sternenschweif weiter. „Sie haben ihren Kindern eingeschärft, dass sie einen großen Bogen um alle Abfälle der Menschen machen sollen."
„Das ist auf jeden Fall am besten", stimmte Laura zu. „Ach, Sternenschweif! Ich bin so froh, dass alle Wölfe wieder gesund und beisammen sind!"
„Und ich erst", erwiderte er und pustete sachte über ihr Haar.

Laura und ihr Einhorn sahen den Wölfen noch eine Weile zu.
Schließlich meinte Sternenschweif: „Ich glaube, hier gibt es für uns nichts mehr zu tun."
Kurz darauf flogen sie wieder in den Nachthimmel hinauf. Übermütig schoss Sternenschweif in die Höhe und ließ sich dann im Sturzflug nach unten sinken. Erst dicht über den Baumwipfeln fing er sich wieder ab.
„Du bist ja verrückt!", japste Laura.
Sternenschweif lachte. „Aber du hast mir Luftsprünge versprochen", entgegnete er.
„Pass auf, hier kommt schon der nächste!"

Nach einer Reihe von wilden Sprüngen schwebten sie ganz ruhig nach Hause. „Du bist nicht nur verrückt“, sagte Laura liebevoll, „sondern auch klug und mutig und einfühlsam. Ach, du bist einfach der Allerbeste!“ Laura legte sich auf Sternenschweifs Hals und genoss die zauberhafte Stimmung. Egal, welche Aufgaben als Nächstes auf sie warteten – sie freute sich jetzt schon darauf!

Sternenschweif

ISBN 978-3-440-17126-4

ISBN 978-3-440-17127-1

ISBN 978-3-440-17125-7

Weitere magische Geschichten zum Träumen

Entdecke Sternenschweifs magische Welt!

Sternenschweif auch als Hörspiel erleben

Art.-Nr. 9783803236616

Art.-Nr. 9783803236609

Spannender Puzzle- und Spielspaß

Art.-Nr. 712648

Art.-Nr. 682279

kosmos.de/sternenschweif

Erlebe weitere magische Abenteuer!

Ein interaktives Abenteuer

ISBN 978-3-440-17126-4

ISBN 978-3-440-17127-1

ISBN 978-3-440-17125-7*

- ☐ Geheimnisvolle Verwandlung
- ☐ Sprung in die Nacht
- ☐ Der steinerne Spiegel
- ☐ Lauras Zauberritt
- ☐ Sternenschweifs Geheimnis
- ☐ Freunde im Zauberreich
- ☐ Die geheimnisvolle Flaschenpost
- ☐ Alpaka in Not
- ☐ Das Film-Pony
- ☐ Reise nach Arkadia
- ☐ Das verzauberte Bild
- ☐ Geheimnis der Wölfe
- ☐ Das Einhorn aus der Steinzeit
- ☐ Hilfe für Flocke

Jeder Band mit 112 Seiten,
ca. 45 Farbzeichnungen, €/D 10,–
* 192 Seiten, €/D 13,–
Preisänderung vorbehalten

kosmos.de/sternenschweif

Laura und Sternenschweif
Alice Foster
Sophie
Walter